AF325118

POÉSIES PATRIOTIQUES

PAR

A. BILLOT.

IMPRIMERIE D'AMÉDÉE SAINTIN,
Rue Saint-Jacques, 38.

POÉSIES PATRIOTIQUES.

ODE SUR LE DESPOTISME.

Jusqu'a quand verra-t-on la terre,
Des tyrans subir le fléau;
Et le genre humain tributaire,
Parqué comme un faible troupeau?
Instrumens servils ou victimes,
De l'ambition ou des crimes
De quelques maîtres couronnés,
Peuples qu'affranchit la nature,
Par quelle éternelle imposture,
Au joug vous tient-on façonnés?

D'une coupable léthargie
Vous vous réveillerez enfin :
C'est dans votre seule énergie
Qu'est aujourd'hui votre destin :
Déjà vous cessez, moins crédules,
D'être les jouets ridicules,
D'éternelles déceptions ;
Et partout s'apprête l'orage
Qui, du souffle de l'esclavage,
Doit épurer les nations.

Noble France, à qui l'on prodigue
L'outrage avec indignité ;
Toi, qui des rois brisas la ligue,
Aux beaux jours de ta liberté,
Réveille-toi ! que ton exemple
Au monde entier qui te contemple,
Serve enfin de guide aujourd'hui ;
Et des nœuds dont on l'enveloppe,
Pour s'affranchir, qu'aussi l'Europe
Trouve en toi son plus ferme appui.

Le but commun qui vous rassemble,
A tant de rois déjà fatal,
Arme vingt peuples, prêts ensemble
A s'ébranler à ton signal :
Rôle brillant, que leur hommage,
Dans ce grand drame, à ton courage
Confie avec sécurité ;
Que sur une cause avilie,
Ton triomphe enfin justifie
L'honneur de l'avoir mérité.

Jusqu'où porteront la licence,
Des chefs à te braver si prompts ?
Ou quel terme ta patience
Fixera-t-elle à tant d'affronts ?
Dans leur marche fausse, arbitraire,
Ce que n'osèrent jamais faire,
Les rois qu'on voulut t'imposer,
Celui qui te dut sa couronne,
Dont ton sang cimenta le trône,
Ne craint plus enfin de l'oser !

Gorgé de l'or dont il t'opprime,
Par des mandataires vendus,
Il donne aux attentats du crime,
La sauve-garde des vertus.
Des lois opposant la puissance,

Au droit par lequel seul la France
Peut réprimer l'oppression ;
De tous droits, la loi, seule égide,
Dans ses mains, par un art perfide,
Consacre ainsi l'infraction.

Des fers que donne le génie,
Si l'orgueil même est révolté,
Qu'ils sont lourds, ceux dont humilie
La pâle médiocrité !
Tu t'indignais dans la victoire,
D'un despotisme que la gloire
De tant de charmes sut mêler ;
Et de ta liberté ravie,
Celle de l'Europe asservie
Ne sembla point te consoler.

Mais pour prix du joug qu'on t'impose,
Aujourd'hui, que recueilles-tu ?
La nullité de tout dispose,
Foule aux pieds ton front abattu :
Talens, gloire, vertus, courage,
Ont-ils, tes maîtres, en partage,
Rien de ce qui peut ennoblir ?
Mais, faux, cruels, rampans et lâches,
Ils t'impriment toutes les taches,
Dont leur nom a pu se salir.

Ne fléchis plus ta tête altière
Sous l'ignoble valet des rois,
Français dont l'audace guerrière,
A soumis la terre à tes lois !
De la liberté qui t'implore,
Le triomphe t'impose encore
Quelque sacrifice à souffrir ;
Mais, à cette cause si belle,
Si tu pouvais être rebelle,
Pourquoi voudrais-tu donc mourir ?

SAINT-MÉRY.

Couvre-toi d'un voile funèbre !
Ton sang, ô France ! encor va couler pour un roi :
Mais que ce jour aussi rende à jamais célèbre
Le nom de ces martyrs qui s'immolent pour toi.
   Tableau touchant, exemple magnanime
   De ce qu'offrit le malheur de plus grand,
      La vertu de plus imposant,
      Et le dévouement de sublime.

      La France, aux fers du despotisme,
A fait pour se soustraire un imprudent effort :
Ses fils n'auront encor pour prix de l'héroïsme,
Que des fers plus pesans, l'infamie et la mort :
   Mais une voix vengeresse et secrète,
   S'élevera de leur sanglant tombeau !
      Qu'il est grand, solennel et beau,
      Le sacrifice qui s'apprête !

      De tous les attraits du bel âge,
La vie en vain charmée à leurs yeux vient s'offrir :
Que seraient des plaisirs flétris par l'esclavage,
Lorsque la liberté leur prescrit de mourir ?
   D'un vain succès l'illusion éteinte
   Ne soutient plus leur froide fermeté :
      Contre eux, l'arrêt qu'ils ont porté,
      S'accomplit sans espoir ni crainte.

      Ils ne veulent pas que l'histoire
Éternise leurs noms aux siècles parvenus :
Sous les pavés fumans, théâtre de leur gloire,
Leurs restes massacrés reposent inconnus :
   Eh ! qu'importait le soin de leur mémoire,

Quand leur exemple enfin révélerait
    A la liberté, le secret
    De sa force et de la victoire?

    Guerriers fameux des Thermopyles,
Vous mouriez applaudis des chants de l'univers :
Pour prix de leurs efforts, non moins grands, difficiles,
Ces martyrs n'attendaient que l'outrage et des fers.
    Les uns cédaient, tombant pour leur patrie
    A ce qui peut faire envier la mort ;
        Les autres quittaient sans effort
        Tout ce qui fait chérir la vie.

    Nous conserverons votre exemple,
Jeunes héros : vos vœux seront aussi remplis :
Partout le despotisme avec effroi contemple
Les miracles d'un jour par vos mains accomplis :
    Il a frémi quand, devant quelques braves,
    Qu'au nom du peuple armait la liberté,
        Vingt fois, fuyait épouvanté,
        L'immense amas de ses esclaves.

    Du ciel, l'éternelle justice,
Contre leur meurtrier armera des vengeurs.
C'est pour nous qu'ils offraient leur sang en sacrifice ;
Sur leur tombe ignorée, ah ! jettons quelques fleurs :
    Si la victoire eût couronné leurs armes,
    Assez de voix s'élèveraient pour eux ;
        Mais au dévouement malheureux ;
        Ne doit-on pas aussi des larmes ?

AUX RÉFUGIÉS POLONAIS.

Au désespoir tu t'abandonnes,
Toi qui n'as pu mourir, ni te sauver des fers :
Viens, nous te préparons un palais, des couronnes,
Polonais, qu'un tyran proscrit de l'univers.
    Mais en nous ta foi sera vaine :
    Un pouvoir égoïste enchaîne
    Des cœurs aimans, doux, généreux,
    Contraints dans leurs vœux inutiles,
    A payer de larmes stériles,
    Le sang qu'on a versé pour eux.

    De votre noble confiance
Ils sont dignes, pourtant, malheureux Polonais :
Ah ! celui qui put seul trahir votre espérance,
Ce n'est point un de nous ; il n'a rien de français :
    Infortunés, qu'il fut à plaindre,
    Le destin qui put vous contraindre,
    Accablés sous tant de fléaux,
    Dans son égoïsme cupide,
    D'implorer la pitié sordide,
    De ce vassal de vos bourreaux !

    Dans sa hideuse politique,
Bravant les droits sacrés que donne le malheur,
Il a voulu flétrir votre nom héroïque ;
Cacher son infàmie, en vous ôtant l'honneur :
    Mais la vertu n'est point ternie
    Du souffle de la calomnie :
    En vain du reptile rampant,
    La rage est-elle déchaînée ;
    Sa dent fragile, empoisonnée,
    Se brise sur le diamant.

Mais, ô Pologne infortunée !
Tu peux de l'avenir tout espérer encor :
Avec la France, aux fers comme toi condamnée,
Tu dois aussi reprendre un plus brillant essor.
Le même obstacle vous arrête ;
Mais, ainsi que le flot rejette
L'écume, enfant de son courroux,
Il sera, dans son court passage,
Emporté par le même orage
Qui l'élève un instant sur nous.

INVOCATION A LA LIBERTÉ.

Idole des grands cœurs, ô sainte liberté !
Don sacré que le ciel fit à l'humanité !
Source de sentimens, généreux et sublimes,
Tu peux seule inspirer les vertus magnanimes
Qui mènent les héros à l'immortalité :
Tu réunis la gloire avec la majesté :
Le sage en toi met tout ; tu fais son bien suprême :
C'est toi qui, l'élevant au dessus de lui-même,
Lui fait braver les fers, les tourmens et la mort.

. . . .

LA CHUTE DE LA POLOGNE.

Elle a sonné l'heure fatale
Où devait s'accomplir le destin des héros.
Contemple, ô liberté, leur chûte triomphale !
Quel soleil éclaira des miracles si beaux ?
    Lutte généreuse et sublime
    Entre le bourreau, la victime,
    La justice et l'iniquité ;
    Entre la gloire et l'infamie,
    La hideuse mort et la vie,
    L'esclavage et la liberté.

    Que veulent ces hordes sauvages,
Dont le flot contre nous s'avance menaçant ?
Elles devaient, portant jusqu'ici leurs ravages,
Ecraser, disait-on, la Pologne en passant !
    Héros qui devez la défendre,
    L'airain a fait à peine entendre
    Son signal au loin répété,
    Que sous votre choc formidable,
    D'esclaves ce corps innombrable,
    A pris la fuite épouvanté.

    Mais l'outrage aussi les enflamme :
Hommes, quoiqu'avilis ils sauront tout braver :
D'une mort honorable, ou d'un supplice infame,
Ils savent qu'un succès pourra seul les sauver.
    Serre tes rangs, brave cohorte :
    Dans la fureur qui les emporte,
    Ils reviennent déjà sur toi.
    Mais, quoi !... Leur horde déchaînée
    Aux yeux de l'Europe étonnée,
    Recule encor pâle d'effroi.

Dévorés de honte , de rage ,
Ils ne fuient plus enfin : la mort confond les rangs.
L'immortel bataillon , ivre aussi de carnage ,
Entasse par monceaux leurs cadavres sanglans ;
Son audace , en vain les disperse :
Aux flots d'ennemis qu'il renverse ,
Succèdent des flots plus nombreux ;
Et l'on croirait , à ses ravages ,
Revoir ces luttes des vieux âges ,
Entre l'homme et des demi-dieux.

Mais la victoire en vain couronne
Les prodiges sans nom qu'enfantent tes drapeaux :
Libre des vastes rangs que ton glaive moissonne ,
Le nord sur toi sans cesse en vomit de nouveaux.
Toi, qui, trop fidèle alliée ,
Tant de fois , t'es sacrifiée
Pour nous qui briguions ton appui ;
Nous , pour qui ton sang coule encore ,
Qu'en vain ta voix mourante implore ,
Nous te délaissons aujourd'hui !....

Honte éternelle de la France !
Que dis-je ! elle a pleuré plus que toi sur tes maux :
Et flétrit pour jamais la fatale puissance
Qui sans pitié te livre au fer de tes bourreaux.
Par la fatigue et par la foudre ,
Ils tombent vaincus dans la poudre.
O jour de larmes et de deuil !
Barbares , cessez le carnage...
Epargnez un si beau courage :
Des peuples ils étaient l'orgueil.

Souvenir à jamais funeste !
O gloire, ô liberté , pleurez sur leur tombeau !
Dans la fange glacé , voilà donc ce qui reste ,
De tout ce qui fut grand , généreux, noble et beau !

Phalange immortelle et sacrée,
Des siècles, ta gloire admirée,
Te vengera de ton destin ;
Pendant que l'équitable histoire,
De l'opprobre de sa victoire,
Flétrira ton lâche assassin.

PÉRICLÈS

PARLANT D'ATHÈNES, DANS UNE INSURRECTION
POPULAIRE QUI MENAÇAIT DE LE DÉPOUILLER
DE SON AUTORITÉ.

Dois-je aux noms odieux dont sa haine m'appelle,
Opposer mes succès, ce que j'ai fait pour elle ?
Ou dois-je la traiter en sujet révolté,
Dont l'audace croissant avec l'impunité,
Semble se faire un jeu des faveurs de son maître ?
Sans doute j'ai des torts, mais le plus grand peut-être,
N'est-ce pas ma clémence envers ce peuple ingrat
Qui ne doit qu'à moi seul sa grandeur, son éclat ?
Si j'avais, comme on dit, employé l'artifice,
Méconnu tous les droits, enfreint toute justice,
Et bravé sans pudeur l'autorité des lois,
Ce vil peuple aujourd'hui tremblerait à ma voix ;
Et si ses pleurs coulaient, ce serait en silence.
Je n'ai brigué l'honneur de la toute puissance,
Que pour sauver l'état par nos mains renversé :
Sa gloire était flétrie, et son lustre passé ;
J'ai pu lui rendre seul et son lustre et sa gloire ;
Mais, unis par les nœuds qu'a formés la victoire,
Sa fortune à la mienne est liée aujourd'hui :

Je suis encore seul, sa force, son appui:
Il faut pour le sauver que mon bras le soutienne !
Et ma chûte sera le signal de la sienne.

On m'appelle tyran.....
Celui qu'un vain hasard, le fer de l'étranger,
Des intrigues de cour, sa naissance, un vieux titre,
Du sort de ses égaux ayant rendu l'arbitre ;
S'il se trouve élevé, sans talens, sans vertus,
A ce rang qui de tous en demande le plus,
Voilà le vrai tyran. Au gré de son caprice,
Des magistrats vendus règlent seuls la justice.
A de bas courtisans, à d'indignes flatteurs,
Les trésors de l'état, les charges, les honneurs,
Tout est sacrifié sans remords ni scrupule,
Tandis qu'il est lui-même un jouet ridicule
Pour ceux dont les conseils guident sa nullité.
Il pense tout permis à son autorité;
Il n'est rien de sacré, rien d'infame qu'il n'ose.
Tel que d'un vil troupeau dont un maître dispose,
Notre sang, à son gré, doit même être versé...
Des monstres, dans l'histoire, ont trop souvent laissé
De ce rôle hideux le sanglant caractère.
Mais ils furent la honte et l'effroi de la terre ;
Mais avec ces tyrans de crimes tout couverts
Pourquoi ce conquérant qu'admire l'univers,
Qui fût au premier rang porté par son courage,
D'une comparaison subirait-il l'outrage ?

QUATRAIN.

O France, ô patrie adorée,
Loin de toi, pour jamais, faut-il donc me bannir!
Objet d'un si cruel et si doux souvenir,
Berceau de mon enfance, adieu, terre sacrée!

EXTRAITS

DE QUELQUES DIALOGUES SUR LA SITUATION D'ATHÈNES,
AU TEMPS DE PÉRICLÈS.

———

Un peuple dans les fers ne saurait plus prétendre
A recouvrer des droits qu'il n'a point pu défendre.
Vous voulez faire encor régner le joug des lois,
Eh! les Grecs pourraient-ils en supporter le poids?
Eux qui, depuis trente ans, ont pu le méconnaître;
Qui trente ans asservis aux caprices d'un maître,
Oublient dans la mollesse, au sein des voluptés,
L'opprobre de leurs fers qu'ils ont trop mérités.

. . . .

Et puis, oubliez-vous de quel indigne prix
Athènes a toujours récompensé le zèle
Que des Grecs généreux ont pu montrer pour elle?

. . . .

Nos droits sont méconnus: crois-tu qu'en les vengeant
Je veuille à mon pays vendre mon dévoûment?
De l'honneur qu'il n'a plus, trafiquant mercenaire,
Qu'un honteux courtisan marchande le salaire;
Mais la liberté seule arme aujourd'hui mon bras.

. . . .

Périclès s'est aussi, dit-on, couvert de gloire,
Mais son joug doit-il moins flétrir notre mémoire,
Parce qu'il a conquis la Grèce, et qu'en nos mains
De vingt peuples divers il a mis les destins?
Eh! que nous servent donc les libertés des autres,
Si, pour prix d'un tel don, il nous ravit les nôtres?
Et de tous les succès qu'il doit à sa valeur,
S'il ne nous reste plus que l'infamant honneur,
De figurer au rang de ses premiers esclaves!

. . . .

Que sont donc après tout, ces brillantes conquêtes?
Semblables à l'éclair qui prédit les tempêtes,
Pour l'éclat d'un moment, pour la gloire d'un jour,
N'ont-elles pas enfin ébranlé sans retour
Les derniers fondemens de notre république?
Des excès monstrueux qu'on reproche à l'Attique
N'ont-elles pas donné le funeste signal?
Marathon et Platé nous ont fait plus de mal,
Que n'auraient pu jamais en faire deux défaites.
C'est avec le désir et les fruits des conquêtes,
Que sont venus chez nous le luxe somptueux,
La licence sans frein et ces vices hideux
Dont l'image sans doute eût fait rougir nos pères.
Mais leurs temps sont passés; il n'est plus de barrières
Que l'on puisse opposer à la corruption;
Depuis le jour fatal qu'on vit à Marathon,
La liberté mourir au sein de la victoire.

AU DRAPEAU TRICOLORE,

EN JUILLET 1830.

Il a vingt ans rempli l'Europe de sa gloire,
Et fait trembler les rois devant lui prosternés!
Ce que n'avaient point pu leurs efforts déchaînés,
Les élémens fougueux, ligués avec la terre,
L'accomplirent enfin :.... Et ce signe de guerre
Par sa chûte apaisa le monde soulevé!
Le bras qui le portait enfin l'a relevé :
Brillant de souvenir, plus brillant d'espérance,
Il avait éclairé le réveil de la France,
Qui perdit avec lui ses droits les plus sacrés,
Droits qu'elle aura sans doute avec lui recouvrés.
Ah! ces nobles couleurs....

IMMORTALÍTÉ DE L'AME.

Quand notre ame a brisé sa fragile prison,
Ne plane-t-elle pas, il est doux de le croire,
Dans ces champs infinis de lumière et de gloire,
Séjour, dit-on, promis à l'homme vertueux?
Oh! qui soulevera ce voile de mes yeux?
Vague mystérieux de l'être qu'on adore!
Ineffables concerts! abîme tout aurore!...
. . . .

Que j'aime à lui rêver un si brillant destin,
Loins des maux, des erreurs, des passions mortelles!
Parfois aussi troublé de craintes solennelles,
Incertain, malgré moi, d'une immortalité,
Contre ce doute affreux, je lutte épouvanté.
. . . .

Abîme impénétrable! obscurité profonde!
Quel est ce gouffre immense où s'engloutit le monde,
Et d'où sort chaque jour, comme de son berceau,
Un autre monde encore éternel et nouveau?
. . . .

Mais, pourquoi de la mort t'épouvanterais-tu?
C'est la terreur du crime, et non de la vertu!
Là dorment pour toujours les haines, les vengeances;
C'est là que pour le juste, au terme des souffrances
S'ouvre le temps de gloire et d'immortalité!

FRAGMENTS

EXTRAITS D'UN DRAME INÉDIT.

L'ESCLAVE AUX COLONIES.

➤◄

. . . Je ne vois que rempli d'amertume ,
La vie où parmi nous l'esclave se consume :
Quels supplices cruels ! quels tourmens raffinés
Pour arracher aux bras de ces infortunés ,
Plus que ne peut produire et leur force et leur vie !
Et nous , les artisans de cette barbarie ;
Au sein de la mollesse et de l'oisiveté ,
Étalant à grands frais le luxe alimenté
Par de si durs travaux , des sueurs si pénibles ,
A peine tombe-t-il de nos yeux insensibles
Un regard dédaigneux sur l'être méprisé
Dont le sang est pour nous goutte à goutte épuisé !

➤◄

DISCOURS D'UN ESCLAVE NOIR

A SES COMPAGNONS,

POUR LES INCITER A LA RÉVOLTE.

Vous avez désiré souvent une vengeance
Qui , de vos compagnons hâtant la délivrance ,
Comme à nous pût leur rendre , avec la liberté ,
Ce rang que jusqu'ici nos fers nous ont ôté :
Eh ! bien , voici l'instant d'assouvir votre haine...

Que j'aime à voir en vous cette fureur soudaine !
D'un triomphe, à mes yeux, c'est le signe certain.
Le jour est donc venu de décider enfin
Si nous devons, pour prix du plus noble courage,
Recueillir ou la gloire, ou la honte en partage,
Et mériter enfin, pour fruits de nos travaux,
Le surnom de brigands ou celui de héros !
Dans ces lieux, rassemblés par la même infortune,
Mus d'un même intérêt, d'une haine commune,
Je ne redirai point, contre un peuple abhorré
Tout ce que notre cause a de grand, de sacré :
Qu'avait besoin de nous cette terre maudite ?
Enfans infortunés, d'une race proscrite,
Qu'avions-nous fait aux Dieux, pour être ainsi traités !
Est-ce à nous d'expier par tant de cruautés,
De marchands sans pudeur la sordide avarice ?
Ont-ils, pour excuser cette horrible injustice,
Même un simple prétexte, un motif spécieux ?
Est-ce donc la couleur qui fait l'homme à leurs yeux ?
Et celui-là n'a-t-il d'autres dons en partage,
Qui met à si haut prix ce frivole avantage ?

Depuis qu'en ces forêts leurs lâches cruautés,
Loin d'eux nous ont contraints de fuir persécutés,
J'ai fait, pour vivre en paix, les plus vains sacrifices :
Ils ont tout rejeté, mes offres, mes services.
Nos députés, reçus sous la foi des sermens,
Ont enduré la mort dans d'horribles tourmens !
En est-il un de vous que cet indigne outrage
Aujourd'hui même encor ne pénètre de rage ?
Tout leur sang, dites-moi, pourra-t-il l'effacer ?
En horreurs, s'il se peut, il faut les surpasser.

O toi, Dieu tout puissant, dont le sein paternel
Aux humains, quels qu'ils soient, ouvre un commun refuge
Être grand, infini, dont l'équité nous juge,
Non par notre naissance ou de vains attributs,

Mais sur nos actions et d'après nos vertus :
S'il est vrai, dans tes lois constantes, immuables,
Que toujours la vengeance atteigne les coupables ;
Et si toujours en toi, contre son oppresseur
Le juste humilié retrouve un protecteur,
Qu'entr'eux et nous, grand Dieu, ta justice décide,
Et que ton bras puissant, écrasant le perfide,
Accorde la victoire avec la liberté
A ceux qui combattront contre l'iniquité.

Un autre noir, tourné vers le continent d'Amérique.

Vous dont la vie aussi coula dans les tourmens,
Restes de nos aïeux, qui depuis si long-temps
Sous cette terre encor reposez sans vengeance,
Vous éleviez au ciel, un long cri de souffrance,
Et vos vœux impuissans appelaient un sauveur.
Ce jour doit expier quatre siècles d'horreur ;
Déjà le fer sanglant est levé sur sa proie :
Puissent vos ossemens en tressaillir de joie !

EXPRESSION DE LA HAINE

D'UN ESCLAVE CONTRE SON MAITRE.

Un d'eux parlant au nom de tous.

Tous brûlent d'immoler à leur aveugle rage,
Des maîtres odieux si long-temps leur effroi.
Qu'il leur tarde en ce jour, à tous, ainsi qu'à moi,
D'en pouvoir déchirer les entrailles fumantes !
De fouler à nos pieds, sur leurs chairs palpitantes,
Le cœur de ces bourreaux par nos mains arrachés ;
Ou comme le serpent à sa proie attaché,
Lorsque, pour l'écraser, de replis il l'enlace,
D'étreindre, en l'étouffant, le dernier de leur race !

LE CHEF, APRÈS LA VICTOIRE.

J'eusse aimé mieux, poussé par un sort moins fatal,
N'avoir pas à t'offrir un tel don nuptial :
Mais de quel avenir ce désastre est le gage !
L'inconstante fortune offrait à mon courage
Les lambris d'un palais, ou les fers d'un cachot :
J'avais en perspective un trône ou l'échafaud !...
La victoire a pour moi résolu le problème !
Tout ici doit fléchir devant ma loi suprême !
Tu vas ici régner avec moi dès ce jour.

LA PROPOSITION DU CHEF REJETÉE.

C'est dans un tel moment de désordre, d'effroi,
Au milieu des transports où la rage t'entraîne ;
C'est l'œil éteincelant, de vengeance, de haine,
Et l'enfer dans le cœur, que tu parles d'amour !
Tu vas plus loin encor, tu voudrais en ce jour,
Arriver, tout couvert du sang de ma famille,
Par le meurtre du père à la main de la fille !...
Dis : que ferait un monstre enfin de plus que toi ?

Après le sac d'une ville prise d'assaut par un chef
à demi-barbare, un des lieutenans de ce dernier vient
lui apprendre que des femmes, des enfans, des vieil-
lards se sont réfugiés dans les temples, où une crainte
religieuse a empêché ses soldats de les poursuivre....

Le chef, en parlant de ces derniers et des malheureux habitans qu'il dévoue à la mort :

Cette vaine terreur ne convient qu'à des lâches !
Fais-toi suivre à l'instant que tu les en arraches,
Ou plutôt qu'à l'instant, les temples embrasés
Sous leurs débris fumans, les couvrent écrasés !
Que tout ne soit ici que feu, sang, et carnage ;
Qu'ensemble confondus, le rang, le sexe, l'âge,
Par l'horreur d'un supplice, hélas ! trop mérité,
Attestent ma vengeance au monde épouvanté !
Puissé-je, transporté d'une rage inhumaine,
Égaler en ce jour leur désastre à ma haine,

Et , dans les flots impurs de ce sang abhorré,
Calmer l'ardeur des feux dont je suis dévoré !

STANCES PATRIOTIQUES.

Reine des nations , France autrefois si belle ,
Quand tu donnais des lois au monde épouvanté ,
Ou qu'à tes oppressenrs tu te montrais rebelle ,
Qu'as-tu fait de ta gloire et de ta liberté ?

Trop crédule toujours , quoique toujours trahie ,
Pour qui naguère encore as-tu versé ton sang?
Au dedans opprimée , au dehors avilie ,
Des peuples ils t'ont fait tomber au dernier rang.

Tout ce qu'un despotisme , inhabile et timide ,
Peut suggérer de faux , d'ignoble , de honteux ,
Ce qu'a la cruauté de lâche , de perfide
Devaient donc payer seuls ce que tu fis pour eux ?

Peuple si grand , si fort , quand tu régnas toi-même ,
Peux-tu , toi dont la main ébranla tant d'états ,
Oubliant le secret de ta grandeur suprême ,
Tendre aux lacets d'un nain tes gigantesques bras ?

Ah ! de la liberté si tu compris les charmes ,
Combien doivent ces fers te sembler flétrissans !
Mais pour t'en affranchir n'as-tu donc pas des armes ,
Toi dont le nom toujours fut l'effroi des tyrans !

De tant de rois la ligue à ta chûte acharnée ,
Ne craint pas d'oser tout , lorsque tu n'oses rien :
Veuille donc être libre , et leur rage enchaînée
Contre ta volonté n'a plus aucun soutien.

Veuille-le donc enfin : tandis que tu sommeilles
Le sang à flots déjà rougit leurs échafauds !
Il en est temps : il faut qu'enfin tu te réveilles :
Sur leur trône sanglant fais pâlir tes bourreaux !

Qu'attends-tu ? n'ont-ils point lassé ta patience ?
Est-il quelques affronts dont ils ne t'aient couvert ?
Eux, dont ton calme seul enhardit l'insolence !
Des Rois qu'on t'imposait, en as-tu tant souffert ?

Quel avenir funeste, effrayant, te menace,
Si le sort te retient enchaîné sous leur loi !
La fortune toujours a secondé l'audace :
Ose ce que tu veux : la victoire est à toi !